雪茄盒里的小人

〔德〕雅诺什 著

詹湛 译

著作权合同登记号　图字 01-2017-5630

Author: Janosch
Title: Das neue große Janosch Lesebuch
Copyright © LITTLE TIGER VERLAG GmbH (Germany), 2011
Chinese language edition arranged through HERCULES Business & Culture GmbH, Germany

图书在版编目（CIP）数据

雪茄盒里的小人 /（德）雅诺什著；詹湛译 . -- 北
京：人民文学出版社，2017.9
　（雅诺什经典童话集）
　ISBN 978-7-02-013246-1

　Ⅰ . ①雪… Ⅱ . ①雅… ②詹… Ⅲ . ①童话—作品集
—德国—现代 Ⅳ . ① I516.88

中国版本图书馆 CIP 数据核字 (2017) 第 203271 号

责任编辑　**朱卫净　尚　飞　杨　芹**
装帧设计　**李　佳**

出版发行　**人民文学出版社**
社　　址　**北京市朝内大街 166 号**
邮政编码　**100705**
网　　址　**http ://www.rw-cn.com**

印　　制　**上海盛通时代印刷有限公司**
经　　销　**全国新华书店等**

字　　数　**50 千字**
开　　本　**787×1092 毫米　1/16**
印　　张　**5.5**
版　　次　**2018 年 7 月北京第 1 版**
印　　次　**2018 年 7 月第 1 次印刷**

书　　号　**978-7-02-013246-1**
定　　价　**40.00 元**

如有印装质量问题, 请与本社图书销售中心调换。电话:01065233595

目 录

作者介绍：雅诺什，1931 年出生于波兰的扎波泽（Zaborze），在巴黎和慕尼黑居住过，从 1980 年起一直生活在西班牙。雅诺什一共写出并绘制了二百多部儿童书、长篇小说、剧本和其他作品，他所获得的奖项包括法国和德国的儿童图书大奖。

小邋遢造了
一间云中小屋

有一天，小邋遢霍普对邋遢小马说："让我们造一间屋子吧。"

"我们为什么需要一间屋子呢？"邋遢小马问邋遢霍普。

"我们有了这样一间屋子的话，就能在我们累坏了的时候将我们累累的脑袋埋到屋子里面呀。当然，有人让我们恼火的时候，我们就能将门锁上。我们可以将自己藏在小屋子里，这样我们就见不到不愿意见的人，他们也找不到我们啦。"

"还有呢？"邋遢小马问。

"还有嘛，我们可以从屋子上面望见整个世界，这样我们就能知道外面发生了什么事，有事要找人也快多啦。"

　　"可是，我想有一间自己的马厩呀。"邋遢小马立刻叫道。

　　"放心吧，我们都会有自己的房间。"小邋遢说完，取来了：

锯子

油漆涂料

FARB

钉子

刷子

　　这时，邋遢小马叫了起来："我们还
需要一卷绳子呢。"然后又问道："我们
要把屋子建在哪里呢？"

绳子

　　"我们要把这间屋子建在这个小小的
山丘上，这儿长满了青草，这样，屋子也能往上长得更高、更高
哟。"

　　"真的吗？像云一样高吗？"邋遢小马问。

　　"比云还要高，"小邋遢说，"高高地冒在云朵的上面，像
宇宙航行一样，一直长到宇宙里头去。"

　　"哟，不得了！"

　　邋遢小马听了兴奋地直喊。

他们说着取来了四根木桩，打进了泥土里。

"这样一来，房子就能稳稳地站住，什么大风大雨都不怕啦。"

接着，他们从锯木厂取来了木片，将木片围绕着桩子钉了起来。

"这就是墙壁。我们有了墙壁，房间里就吹不进大风，淋不进大雨了。而且，房间里的炉火带来的暖暖的热量就不容易逃到房间外面去了。"

"既然我们要烧炉火，那么也需要一根烟囱哟。"小马这么喊，"这一点我是知道的。"

"那要等到最后才造呢。"小邋遢说。

于是，他们取来了一把梯子，这样就可以爬到墙上去钉屋顶啦。

"我们有了屋顶，雨水和大雪就没法钻进我们的屋子啦。"小邋遢解释道。

"可是，可是，我觉得屋子里头阴沉沉的呀。"邋遢小马有点纳闷。

"所以，我们才要开几扇窗户呢。"小邋遢说。

"对了，我们还要一扇门，这样客人就能从门里进来哟。"邋遢小马说。

他们又拿来了锯子，在墙壁上锯出了窗户和门。

"现在，我们要为壁炉造一根烟囱，"邋遢小马喊道，"这样冬天我们就能暖和许多了。"

最后，他俩造了一根烟囱，还把屋子涂成了天空一样的蓝色。

"这间是我的邋遢小屋。"小邋遢大声地宣布。

"那么，我的马厩在哪儿呀？"邋遢小马问他。

"对不起，我给忘记了。"小邋遢回答。

他们想起来这一点以后，就在邋遢小屋旁边又造了一间马厩。

马厩被他们用油漆涂成了玫瑰红色，同样也安上了一根烟囱，这样一来，邋遢小马就可以在她想吃的时候，自己烧些好吃的东西啦。那么，她为什么想到了吃呢？因为她的肚子有时会饿得咕咕叫。

当然，通过烟囱，邋遢小马也可以燃起壁炉取暖，尤其是在冷飕飕的冬天到来的时候。

可是，小马还是有点不知足，她说："如果你再帮我造一间音乐琴房的话，我就可以在里面学习弹钢琴了，因为我有四只手呢——如果后蹄子也作数的话——我能用四只手弹琴，要知道，四只手弹琴可是一种伟大的艺术，可以让琴声变得非常美妙哟。"

所以，他俩取来了更多的木片、石膏和一些水泥、沙子，外加几块石头，在邋遢小屋的顶上建起了一间琴房，他们将琴房漆成了明亮的黄色。

到现在为止，他们已经有了一间邋遢小屋、一间马厩和一间琴房。

邋遢小屋是 。马厩是 琴房是 。

当小邋遢在楼上的琴房向窗外望去的时候，他喊了起来："如果我们在顶上再造一间浴室的话，就可以在里面尽情地玩水欢闹了，还能望得更远呢！"

他们就继续弄来了石膏、水泥和石头，在琴房的顶上又添加了一间浴室，而且把它的外面漆成了红色，里面漆成了草地一般的绿色。但这些忙完了之后，邋遢小马又有新点子了：她想添置一间客房。因为……

"当我的叔叔蒂姆·库切尔来拜访我的时候，他需要一间单独的房间，因为他会抽烟的。"邋遢小马抱怨道，"我才不愿意闻着那种臭熏熏的烟味呢！"

于是，他俩只好造了一间客房。为了驱散可能会有的烟雾，他们还为房间配上了换气扇与通风口。这样一来，客房的旁边又多出来了一块空间，可以造一间朝南的观景房。哟，还别说，南面是美丽的意大利呀。

小邋遢说："快快快，我们造一间朝南的阳光观景房吧，这样的话，我们说不定能一眼望见意大利呢！"

所以，他们运来了更多的石头、木板、水泥、黄沙、石膏、钉子和涂料，在南面造了一间新的阳光观景房。

现在，他们已经有了：

一间邋遢小屋、一间马厩、一间琴房、一个浴室、一间客房和一个阳光观景房。

但是，他们觉得，现在离头顶上飘着的白云还远着呢，不是还有好多好多的空间可以利用吗？因此，小邋遢和邋遢小马取来了更多的水泥、木板、石膏、钉子和涂料，在顶上又建了一间屋顶花园房。

"可是，我的金丝雀怎么办！"小邋遢突然想起来了，"我的宝贝金丝雀该住在哪里呢？"

于是，他们又在已经很高了的房子上面为金丝雀加造了一间新屋子。造完之后，因为还有多余的空间，他们又添加了一间顶楼小凉亭，还安装了用来照明的灯呢。但就在这个时候，哗啦一声，整栋云中小屋都塌了下来，碎片飞得到处都是。

为什么会这样呢？因为一个人如果

不知足的话，就会得到这样的结果。另外，大家别忘了，小邋遢和邋遢小马竟然造了两根烟囱，你说说，他们难道就不能合用一个壁炉吗？

雪茄盒里的小人

如果想要成为魔法师，那么你必须学习很多东西。因为变魔法是一件非常难的事情。你需要度过相当漫长的学习生涯，直到你真正地成了一个魔法大师。但是，想成为一个魔法学徒并不难。

通常的办法是，等你到了上学的年纪，有机会在一旁帮助某位真正的魔法师，并按照他的指导与提示做一些该做的事，这样你就是魔法学徒啦。

每个人都梦想成为魔法师的助手，这是毫无疑问的。但是你是否会想到，卢卡斯·科莫尔竟然也有这样一个小小的魔法助手呢？这个奇妙的故事是这样开始的：在小男孩去的"约翰纳斯喧哗学校"里，有一个大大的操场。在这片操场南面的角落里，隐藏着一个小小的菜园。这个菜园的主人是校长瓦鲁加和他的夫人。请你想象一下吧，"约翰纳斯喧哗学校"每节课休息的时候，无论是好学生，还是差学生，都会一股脑儿地涌到这个小菜园的周围。校长夫人会指派几个学生去除草、采摘小蓝莓，或者收集小石子。大家蜂拥而至，跃跃欲试，因为被挑选出来做事的那些人从此在学校中的地位就会让人刮目相看。如果一个学生本来成绩很差，那么做事之后，他期末的成绩就会是一个漂亮的三分，而不是难看的五分了。如果他本来成绩就已经很棒，他就很可能会得到一份奖励。所以，几乎所有的学生在课后都会聚集到菜园后面。慢慢地，每当十点钟下课铃响后，菜园后面的角落里形成了一个"交易集市"。如果谁有了什么东西，或者想换到一些什么东西，都会把它们带到这个交易角落里来。比如，有人可以靠一张带有防伪水印的阿富汗邮票换到一只完好无损的小熊蝴蝶。

但如果这枚邮票没有了防伪水印，那么它连一个裤子纽扣都换不到。通过这样的交易，任何一个人都有可能变成大富翁。当然，前提是他的交易没有失误。

我们这样假设：你有了一根来自澳大利亚卡卡杜公园的鸟尾羽毛，上面还有红色的条纹。你可以靠这个换到十一条活着的小蚯蚓（它们必须是活的，否则晒干了可没人要）。用这十一条蚯蚓你可以捕捉到六条红鲈鱼。其中五条蚯蚓被红鲈鱼吞进了肚子，而又有一条红鲈鱼在上钩后逃走了。现在只剩五条红鲈鱼了。其中三条在挣扎之后，变得很虚弱，所以需要立即烧了吃掉，但剩下的两条还是活蹦乱跳的呢，可以放到花园的鱼池里养起来。其中一条让它慢慢长大吧，用另外一条换来一根将近四米长的钓丝、两个钓钩和一小片用来制作弹弓的皮革。接着，你就可以继续去寻找更多的蚯蚓，用两个钓钩捕获更多的红鲈鱼，然后再用收获到的去换……你可以一直这么换下去，直到你真正成为一个大富翁。好吧！我们来讲正事。

一天，卢卡斯·科莫尔多出了一支红色的钢笔，不是外表是红色的，而是里面的墨水是红色的，就像老师批改作业用的那种。他走到了交易角落里，大声地说道："非常棒的红墨水钢笔哟！谁要和我换？你们有些啥好东西？"四年级 A 班的哈诺·斯佩林说："我有东西！"大家一直叫他"史帕佐克"，那是一个匈牙利的名字。他对科莫尔说："过来，瞧瞧这个，在这个雪茄盒子里藏着一个小人，注意听！听仔细些，你听到了吗？"科莫尔将耳朵贴在这只小小的雪茄盒子上面，听见里面发出了"嘶嘶，啪啪，嘶嘶"的声音。这真是不可思议啊，科莫尔一开始还不敢相信自

己的耳朵，但这是显而易见的事实，谁都能听见里面小人的声音。

史帕佐克说："当老师问到你数学题的时候，比如几加几等于几啦之类，如果你答不出，就可以偷偷地将这个小盒子放在耳朵旁边，里面的小人会告诉你答案！但你永远不能把这个盒子打开，否则一切就消失了。还有一点必须记住，每天你应该塞一根草茎进去，这个小人是吃草的！"

这看起来真是一笔不错的买卖啊，但史帕佐克有点不满意，因为科莫尔所给的东西太少了。"不是红墨水，就是红钢笔，这些随处都能买到，"他说，"而且和黑钢笔的价格一样便宜。"整个学校将近有一半的学生都围到了他俩周围，科莫尔只好又给了两片有自动粘贴功能的补胎橡胶。但这些好像还不够，因为一个会做数学题的小人是很珍贵的。最后，科莫尔为了保住这笔交易，又给了一只已经做成标本的锹形甲虫，这样一来，交易双方才心满意足。

下节课正巧就是算术课。老师开始提问了："11 加 1 除以 4 等于几？"这次还没有轮到科莫尔，应该回答的是贝尼迪克特·克诺普劳赫，他名字的意思是大蒜头。但是科莫尔非常想试一试手里的这个宝贝雪茄盒子，便试着将盒子贴到了耳边，只听见里面嗡嗡地响："嘶嘶嘶……"科莫尔听不懂小人的意思，看来，他必须先学习一下雪茄小人的语言，才能听懂答案。当大蒜头回答

"是3！"的时候，科莫尔一下子想到了小人的话："嘶嘶……
3。"他说的不就是"3"吗？太了不起了！这笔交易真是划得来，
一只锹形甲虫标本和一支灌了红墨水的钢笔绝对不算多！"有了
这样一个小人，"科莫尔想，"还有什么奇迹不能被我创造出来
呢？"

"2加3加8再减去6等于几？"老师又发问了。科莫尔忍
不住又悄悄地将小盒子放到了耳边。"悉悉悉……"没错，就是
"7"！科莫尔高兴得快疯了，大声地回答道："是7！"完全正确！

十一点，又下课了。在课间的休息里，交易双方——科莫尔
和史帕佐克互相又握了握手，捶了捶肩，表示这笔交易已经永远
定了下来，不能有谁反悔。十二点，放学了，科莫尔回到了家里。
他很想塞一小块土豆给雪茄盒里的小人吃，但是土豆太大了，塞
不进去。一会儿，他又有些忍不住想要打开盒子看看，但他知道，
如果这样做的话，一切都会消失的。今天，既然小人儿表现这么
出色，他就一下子往盒子里塞了两根草茎。科莫尔好想和这个小
人面对面地聊聊啊，如果能听懂的话，他一定会问好多好多的问
题的。因为科莫尔的心里有太多重要的疑问了。但是，魔法守则
就是这样约定的：你千万不能打开盒子。

渐渐地，夜深了，科莫尔好像有些忍不住了。他想，在黑暗
的房间里打开盒子，一定没那么糟糕。有人不是说过，你可以在

黑房间里冲洗胶卷吗？冲洗胶卷和魔法的差别应该不大吧，都是从没有到有，都是一种创造呀。

　　想到这儿，科莫尔打开了盒子。在黑暗里，他只听见嗡嗡的声音，好像有什么东西从眼前升起，然后消失在了黑暗中。就像，就像一只肥肥的黄蜂飞走了。一切都结束了。

一只古怪的漂流瓶漂来了，
邋遢爸爸捞起了它

　　小邋遢的爸爸名叫邋遢爸爸，小邋遢的妈妈名叫邋遢妈妈，而他的姐姐叫邋遢希普，他们一家人都住在一个有着秋千的树屋里，非常幸福。小邋遢有一个朋友金丝雀，他是雄性的，他另外一个朋友是邋遢小马，她是雌性的。

　　邋遢爸爸在一条河边工作，职业是渔夫。他会从河里捞出些

什么呢？比如那些不小心掉到水里的蝴蝶，在它们快要淹死的时候，邋遢爸爸会将它们打捞上来。他也会打捞不小心掉到河里的甲虫，避免它们被水呛着后淹死掉。所以，邋遢爸爸需要一根非常长的鱼竿。

　　但是，有一次由于疏忽，他不小心钓上了一只鸭子，所以他自己被拖进了水里。可怜的邋遢爸爸这次被水呛得一塌糊涂，他不会游泳，如果不是鸭子最后将他救上了岸，他一定会被淹死的。

　　"谢谢你！"邋遢爸爸说，"如果每个人都像你这样乐于搭救别人，那么就没人会沉到河底淹死了。"

　　有时，邋遢爸爸也会从河里打捞上来一些没有主人的漂流物。其实，它们原本是有主人的，但是主人将它们扔到了水里，或者不小心掉到了水里，所以它们就随着波浪漂啊漂啊，直到最后有人捞到它们。

　　或者还有这样的情况：从一艘航行着的船上掉落了一些东西，掉进了水里，只好随波逐流地到处漂。邋遢爸爸有时也会发

现这样的东西。

有一回，邋遢爸爸从水里捞起了一只红色的高跟鞋，想送给邋遢妈妈，可是，它有点太大了。还有一回，邋遢爸爸"捕获"了一只小小的蜂蜜罐，这又有什么用处呢？邋遢小马有了主意，她不是正缺一顶帽子嘛，蜂蜜罐作为帽子正合适。

总而言之，在树屋里生活的日子像天堂一样美好。

有一天，邋遢爸爸从河里捞起了一只漂流瓶。

小邋遢问："爸爸，什么是漂流瓶呀？"

　　"漂流瓶嘛，相当于一份邮件，但并不是邮局寄给我们的。因为，寄出漂流瓶的人没有将它送去邮局，也许他那边根本就没有邮局，比如，他孤零零地待在一座小岛上，他的船沉了，他是游到上面去的，那儿既没有房屋，也没有什么居民。"

　　邋遢希普接过了话茬："对，但他很想写一封给他妻子的情书，于是就把情书塞进了一只玻璃瓶，盖上了木塞子，将它扔进了大海。如果有人发现了这只漂流瓶，就会将情书捎给他的妻子。就是这样的。"

　　"还有一种情况。一个海盗将一笔宝藏埋了起来，并画了一张藏宝图。当他将要死去的时候，他希望有人能发现这笔宝藏。"邋遢妈妈非常懂行，"否则就永远没有人知道这笔宝藏在哪里

了，这不是太可惜了吗？于是，在海岛上居住的海盗将藏宝图塞进了玻璃瓶，并盖上了木塞子，这是为了不让海水渗进去。他把漂流瓶扔进了大海，一旦有人能捞起这样的漂流瓶，那么他一定能发现宝藏。"

"对了，对了，瓶子里还有可能是一条来自宇宙空间的秘密消息！"小邋遢激动地喊了起来。

"比如，一个宇航员在太空遇到了天使，他将天使所说的话写在了纸条上，塞进漂流瓶，盖上木塞子，然后从太空把它扔向大海。这样一来，所有地球人就都能知道天使说过的话了。"

真的哟，邋遢爸爸捞到了一个漂流瓶！

里面的纸条却有些奇怪，上面写着："谁读到这句话，从此就不害怕任何东西了。"

> 谁读到这句话，从此
> 就不害怕任何东西了。

"瞧，我说得没错吧？"小邋遢骄傲地喊着，"这真是一条来自银河系的神秘消息！"

小邋遢被允许保存这张纸条，而且将它随时带在身上。

如果哪一天危险来了，他就读一读纸条上的话，然后，小邋遢会立即得救，再也没有危险了。它就是这样的神奇！

太阳照常升起，照常落下，这脏兮兮的小邋遢再次过上了幸福的日子，而且他永远也不会丢失这张古怪的纸条。

带着老虎鸭上路[1]

有一次我对老虎鸭说："我们可不能无所事事地虚度我们的一生。这样的人可不是我们的好榜样。我们必须问问自己一些关于生命的问题。我们也要探索这个宇宙。尤其重要的是，在大山后面的青蛙上帝已经为我们创造了无数美好的事物，我们必须训练自己的思维，去探究那些事物背后所隐藏的谜题。"

于是，我一次次地问自己："生命的意义到底是什么呢？"

因为我的老虎鸭显然也不知道这个问题的答案，所以我们准备上路了，去外面的世界寻找真正的答案。

我们第一个遇到的是又高又壮的大棕熊，他的家在森林里。我问："亲爱的大棕熊，生命的意义到底是什么？你长得又高又壮，一定知道正确的答案。"

大棕熊大声地吼叫道："蜂蜜！蜂蜜！永远是蜂蜜！哈哈，蜂蜜好甜啊！"

我说："呸呸呸！还说是蜂蜜呢。你一屁股坐在上面的时候，

---

1. 老虎鸭是雅诺什所创造的卡通形象，既像老虎又像鸭子，在这个故事中是一个拖车似的小玩具，主人公小青蛙拖着它上路了。

它会黏得你身上到处都是，爪子、屁股都黏糊糊的，弄得一团糟。你说错了！大小伙子。"

接着，我们来到了穿着蓝裤子的狮子汉斯的家。"我亲爱的大狮子，你能告诉我，生命的意义是什么？我们知道你一定晓得答案！"

"吞啊，咬啊，吞啊，咬啊。这就是生命的意义。"他这么吼叫道，"而且最重要的是，我的裤子上不能有一颗纽扣松掉，否则看上去多可怜啊，哈哈！"

这次的答案又错了。因为裤子上掉不掉纽扣，对我来说完全无关紧要。因为我根本就没有裤子。

然后，我拖着老虎鸭又来到了一户人家的门口。这次是喜欢旅游的驴子马洛卡。我问他："你知道生命的意义是什么吗，我亲爱的驴子先生？我所说的意义是对于所有人而言的，不是仅仅对于一头驴子。"

他听了，嘶鸣起来："马洛卡啊，马洛卡啊，这不是一件再简单不过的事情吗？那就是在海滩边惬意地咂巴着一小杯冰凉的啤酒呀。另外，那里的东西一定要非常便宜！这才是生命的意义。"

喝啤酒？要不然他可能就热昏了吧。显然，这个答案是错的，他真像一艘老旧的单桅小帆船！

接着，我们又来到了幸福的土拨鼠那儿。我问他："可爱的小滑头，你告诉我，生命的意义到底是什么？你怎么看这个问题呢？"

他把话从鼻子里嘟哝了出来："我的爪子上面要晒着太阳，爪子下面也要晒着太阳！其他的问题都是胡扯，乱说，一派胡言，胡说八道！对了，还有件重要的事情。小城辛德芬根是生命最重要的意义之一，可是辛德芬根在黑森林，我真的需要去了解一下

那儿的情况，哈哈，等到我的爪子都晒暖和了就出发。"说完，他扭动身子，钻回了他的小屋子。这回的答案明显又错了。

这时，我们遇到了一只小鸟。我问了他同样的问题。他叽叽喳喳地说道："飞啊飞，飞就是生命的意义呀[1]。"

哦哟，这个小东西说得一点儿也不错。苍蝇，蚊子，蚯蚓，我真的想不出更好的意义了。现在，我终于发现了生命的最终意义。我拖着我的老虎鸭，心满意足地回到了纸箱子里，呼呼大睡起来。明天会有苍蝇的，一定会有的。

---

1. 飞和苍蝇在德语中是同一个词，小青蛙误会了。

哈纳斯·斯特罗库普和
看不见的印第安人

　　那天晚上是月圆之夜。哈纳斯将粉末倒在了一张薄薄的纸上，在上面放了一根猫头鹰的羽毛，然后将纸折了起来。他走到窗前，直到一轮圆月升上大树的梢头。

　　"你必须看见完整的月圆的景象。"

　　他在折好的纸下面放了一块稍微大些的玻璃板，这样是为了在烧的时候不会烧焦窗台。转眼间，一轮圆月已经升到树梢之上的高空了。

　　哈纳斯的心怦怦乱跳，额头开始发热，像有火在烧。他紧张地点燃了那张纸。

　　一开始，它发出了嘶嘶的燃烧声，然后散发出了一种臭味。印第安人很臭吗？

　　"印第安人的气味大概和美洲狮、老虎什么的差不多吧。"

　　嗯，一点儿不错，应该就是这种气味。

美妙的气味。

哈纳斯坐在他的床上，仔细观察着袅袅飘起的烟雾。

忽然……

他好像看到了什么。

在角落里出现了一个蓝色的影子。或者，是蓝色的光？

没错，既可以说是蓝光，也可以说是蓝色的影子。

这个人影有一个非常鲜明的特征，那就是他头上的羽毛饰品，一共是四根羽毛。这说明，他是一个战士，一个追踪者，或者是一个侦察兵。这些都是印第安人的兵种。

"呼呼。"

哈纳斯分明听到，这个印第安人发出了"呼呼"的声音，这个声音的意思是："就是这样的，就是这样。"

很清楚，它不是什么幻影，而是一个真的印第安人。因为只有真人才能发出"呼呼"的声音。他就站在墙角那里，而且是透明的。根据哈纳斯的了解，这个人影应该是印第安人约奥的鬼魂。

"你是不是约奥，那个印第安魔法师？"哈纳斯问道。

"呼呼。"

"是一个战士吗？"

"是一个侦察兵。"

哈纳斯想，反正战士就是侦察兵，侦察兵就是战士，都一样。

就在他看着印第安人站在那儿的时候，哈纳斯的心里升起了一种奇特的感觉。

这种感觉是这样的：过去，哈纳斯觉得眼前的屋子空无一物，对什么他都毫不在意；但是，现在印第安人就站在那儿，让哈纳斯感到，自己仿佛也变成了那个印第安人，而这个原本空空荡荡的屋子仿佛一下子被塞满了。

哈纳斯的小狗竟然从透明的印第安人身上穿了过去，似乎根本就没有看见他。因为他们两个是属于两个不同的空间的，互相之间穿来穿去，完全不会影响。但只有哈纳斯能看到这个景象。

小狗躺到了床底下，哈纳斯也躺到了床上，很快睡着了。一切好像和平常没有什么区别。至于明天会发生什么新的事情，哈纳斯完全没有挂在心上。

"明天的事，明天做。"

哈纳斯睡得很沉很沉，似乎跌入了一个很遥远的、永恒不变的狩猎场。

当他第二天一早醒来的时候，那个印第安人正站在窗户边。哈纳斯直起身来，穿好了衣服，走进了厨房。小狗和印第安人都跟在哈纳斯的身后，也走进了厨房。可是，妈妈看见这个印第安人了吗？

不知道。妈妈一直在喋喋不休地说话，说得太多了。

"你看见他了吗，妈妈？"哈纳斯问。

"你说谁？"妈妈说。

"这个印第安人啊。"哈纳斯用头向约奥所站的方向示意。

"看到了。"妈妈说完，又在桌子上放了一盏碟子。但是，这又有什么用呢？一个印第安侦察兵的鬼魂是不吃东西的。就这样，哈纳斯与妈妈之间再也无话可说了。后来，妈妈也不再为约奥放什么吃饭的碟子了，因为她也知道，一个透明的人还需要吃什么呢？

小狗、印第安人、哈纳斯一行三个一起去上学了。小狗走在最前面，然后是印第安人，最后是哈纳斯。当他们一同进入教室的时候，班级里一下子变得安静了许多。所有的人都向哈纳斯·斯特罗库普望了过去。他的模样今天看起来与众不同。他的左手像那些强壮的男人一样搭在裤子的口袋上，手掌背对着大家，而他的右手里晃动着一捆书，上面系着皮带。他今天的模样看起来太怪了。

　　而且，最重要的是，今天他的眼光锐利得仿佛是一个战士。

　　小狗被留在了教室外面，倚靠在门边，像往常一样。那个胖胖的坏家伙不怀好意地挡在了哈纳斯的面前，他还穿着丑陋的敞口运动鞋。就在大家以为哈纳斯会像往常一样服软的时候，大胖子却在哈纳斯的左手胳膊轻轻地一推之下，飞到了一边，就像一个羽毛球被打到了墙壁上，一模一样。

　　哇！不得了！

　　大伙没有时间惊讶一番了，因为这时候别尔肯帕普老师已经走进了教室。大家知道，还有三天就是复活节了，所以必须学一些和春天有关的知识。

　　"我们今天讲一讲德国诗歌艺术的另外一首代表作品。我先念一遍，然后斯特罗库普同学跟着我念一遍。"

春天
在优美而碧绿的五月里
花蕾绽放了
人们欣喜地，自由地
迎向它们的芬芳

　　"斯特罗库普同学，请你跟着念一遍！"

只见哈纳斯一个结巴都不打地把诗歌念了出来，甚至还大胆地作了点改动：

在优美而碧绿的五月里
花蕾绽放了
人们希望欣喜而自由地
享受春天

当然，他跟读得并不准确，但是别尔肯帕普先生完全没有注意到他的错误，因为哈纳斯的朗诵速度非常快，而且抑扬顿挫，非常具有表现力。别尔肯帕普先生甚至没能跟上他的节奏，最后只是用奇怪的眼神望了他一眼。别尔肯帕普老师的心里暗自嘀咕："我只读了一遍诗歌，学生就能这么不费吹灰之力地掌握了，真是从来都没有遇到过的事情啊。换句话说，这真是一种冒犯，对老师的至高无上的智力和权威的蔑视！"想到这里，他已经决定为斯特罗库普同学打一个最差分——五分。就在"五分"刚刚写上去的时候，

他又不自主地将它划掉了，然后自言自语地说道："三分，三分。"

然后，他精神恍惚地问道："对了，是谁回答的？"

他几乎不相信自己的耳朵，以为是听错了："是斯特罗库普同学。"

"嗯，好的，斯特罗库普同学，知道了。"

三分显然还是太低了。这样的表现，起码可以打到两分。对于哈纳斯·斯特罗库普而言，这还是他一生中的头一个"三分"。

在别尔肯帕普先生身后，站着那个印第安人。值得注意的是，别尔肯帕普先生好像特别当心，从来都没有冒失地穿过印第安人的身体。

难道别尔肯帕普先生看到他了？

可能还没有。哈纳斯想，也许是因为印第安人所站的位置对于别尔肯帕普先生来说特别不舒服，所以他总是要绕开那个位置吧。

第二节是画图课。哈纳斯·斯特罗库普拿到了两张白纸。别尔肯帕普先生说："我们要画一幅复活节的景色，然后将它送给我们的父母。"

哈纳斯坐在那里，绞尽脑汁地思考应该怎么画。可是，第一张白纸很快就被他浪费掉了。因为上面的颜料糊在了一起，混合成了难看的颜色，这张纸只好丢掉了。第二张新的白纸摆在面前的时候，哈纳斯觉得好害怕。怎么画才好呢？他的心中一点儿主意也没有。于是，他望向了约奥，那个印第安人，他正站在黑板旁边。约奥走了过来，对哈纳斯说道："一个战士是不会害怕一张白纸的。听我的吧，你先画一座山。随便你画在哪里，你会发觉它的位置总是对的。就算你画得偏了，它仍然会看起来不错。所以你尽管画吧，每个位置都是正确的。"

听了他的话，哈纳斯勇敢地画了一座山，蓝色的。果然，是正确的，一点儿也不难看。

"你听着。接着我们要画一条河，不管它是宽的，还是窄的，结果都是正确的。因为一条河一定有时宽，有时窄。"

于是，哈纳斯又画了一条河。是青绿色的。果然，又非常漂亮，一点儿错都没出。

"接着是一些树木。"约奥说，"不管你画的是大树，还是小树，它们总会是正确的。随便你怎么画。"

就这样，哈纳斯今天画出了他出生以来到现在所画的最美的一幅画。这真是一件完美的艺术品。同时，它也是一幅美丽的复活节风景画。

"最后，还有草地。你无论把草地画得很大，还是画得很小，它总会是正确的。放心大胆地画吧，因为世界上既有小草地，也有大草地。"

就这样，树啊，云彩啊，花朵啊，都被画在了哈纳斯的纸上，而且"总是正确的"。

别尔肯帕普先生走了过来，坐到了旁边的椅子上，望向哈纳斯·斯特罗库普。

"这个斯特罗库普！"

他望了哈纳斯好长一段时间，然后摇了摇头，仿佛他从来都没有仔细地看过哈纳斯一样。这时，哈纳斯也第一次有机会近距离地观察别尔肯帕普先生。他心里在想："别尔肯帕普先生有没有一副侦察兵的锐利目光呢？他似乎在非常严厉地看着我。"

难道说，别尔肯帕普先生也是印第安人部落的一员吗？有可能！他的印第安人身份从来都没有被人注意过。或者，他其实听从于约奥先生的号令？

而别尔肯帕普先生的心里在这么想："这个斯特罗库普，究竟是怎么看这个世界的呢？"

他轻轻地触碰了一下哈纳斯的肩膀。这个动作，他们两人在班级里从来没有做过。这是一种朋友之间友好的触摸，所以哈纳斯一点都没有反抗的意思。

别尔肯帕普先生一直到学生们放学，都在教室里不停地走来走去，将手背在身后，有时还会晃晃脑袋，动作古怪，十分惹人注意。可是，在他走动的同时，印第安人约奥常常侧身让开，所以哈纳斯非常确信，别尔肯帕普先生一定是看到了约奥，或者起码注意到了有这么一个印第安人，才小心翼翼地不去穿过他的身体。

别尔肯帕普先生究竟怎么了？

　　今天是复活节前最后一天上学的日子。别尔肯帕普先生再一次说出了哈纳斯的名字："斯特罗库普。"然后他点点头，又说了一遍："斯特罗库普。"

　　就这样，今天的课结束了。

　　复活节假期开始了。

在一株犬蘑菇下面
睡着一个老鼠警长

老鼠伙计们住在雨堡地区的一个谷仓里。在秋天里的一日，他们在谷仓附近的一株犬蘑菇底下发现了一个奇怪的陌生家伙。

那个陌生家伙好像把那株犬蘑菇当作了一个露营地——他在下面点起了篝火，篝火快熄灭了，还冒着袅袅的青烟呢。

他正在睡觉。他的脑袋底下枕着几层粗羊毛毯。最特殊的是他的装束，和雨堡地区所有的老鼠兄弟都不一样。

除了那张粗羊毛毯，他身上没有捎带任何的行李。在篝火旁边，老鼠们也没有发现任何的烹饪厨具。大伙从他身上看不出任何线索，他究竟是为了什么而来到雨堡的呢？他是不是来寻找什么东西呢？

他是一只老鼠。

具体些说，他是一只田鼠。

再确切些说，是田鼠先生。

因为他穿着一条牛皮裤子，一件粗糙的衬衫，那种衬衫，与

在美国阿拉斯加设陷阱捕猎的猎人们一模一样。而且，他的身边还放着一顶帽子，帽檐很宽，上面竟然还有一个被子弹射穿了的弹孔。于是，大伙可以这样猜测：他不久前刚刚结束了一场战斗。

　　阿希姆·贝尔克曼是这一帮老鼠兄弟的头儿，就是他发现这个陌生家伙躺在犬蘑菇下面的。他从两颗大大的门牙缝里吹出了一声尖锐的口哨。

"如果这个该死的家伙不是从荒蛮的西部来的话，请允许我称他为脏鬼。这个狗一样脏的家伙，刚刚一定赤手空拳打退了五百个外国佬，将他们驱赶到了荒无人烟的狩猎场……"

突然，这个陌生家伙听到了响声，一下子从地上弹跳了起来，而且立即用手去摸身上的柯尔特左轮手枪。

那是通常挂枪的地方，右边的腰间。

但是，他摸了个空，因为他什么武器也没有带。但是这个摸枪的动作恰恰表明了，他平时是别着一把柯尔特左轮手枪的。

"喔喔夫。"

他发出的这个声音，老鼠们很少听到过，这显然不是本地的语言。这一点更加显示了这个陌生家伙是从遥远的远方来的。

"别怕，别怕，先生。"

贝尔克曼将自己的手掌温柔地放在了他细细的小胳膊上。其实，这个陌生客挺矮小的。他那件粗糙的衬衫上，有很多缝补过的痕迹。贝尔克曼心想：大概是子弹打穿过的吧。一点儿也不错，一定是的。另外，他还穿着带有马刺的靴子，即便在睡觉时也没有脱掉，这一点愈加证明了，他是一个西部牛仔。而老鼠一般在睡觉的时候，肯定会把靴子脱掉。只有西部牛仔不脱。

　　"别紧张，我们都是你的朋友，先生。"贝尔克曼这么对他说。

　　"我们都是你的同伴，和你一样。您是一个警长吗？"贝尔克曼特意用了尊称。

　　"唔。"陌生人回答。

　　啊哈，原来是一个沉默寡言的家伙啊。这更加说明他是从西部来的牛仔，因为牛仔都是沉默寡言的。

　　贝尔克曼对他的伙伴们说："我敢说，如果这个牛仔没有在西部挖到过金子，就让野猫把我撕碎吧！他刚刚挖到了一公斤的金子，就跑到隔壁的酒吧里，用烈酒灌得自己醉醺醺的，然后用剩下来的钱为妻子莉莉（或者叫罗拉）买了一把梳子，为孩子买了一匹木马，我说得都对吧？这些我第一眼就看出来了！这真是个外表坚硬如铁、内心炽热似火的家伙。我一点儿也没说错吧，陌生的先生？"

　　"唔。"田鼠先生说。

　　"接着，你又重新回到了阿拉斯加，像一只蚂蚁一样又挖起了金子。挖完之后，你又立即跑到了最近的酒吧，喝得酩酊大醉，又为妻子买了一把梳子，为孩子买了一匹木马。我说得对吗，先生？"

　　"唔，唔。"这位一边答应着，一边在找自己的帽子。

　　正在上夜班的老鼠伙计们都聚拢了过来，前面说过，贝尔克

曼是他们的头儿，大家一起住在附近的一个谷仓里。在最近这段时间，谷仓的主人——一个农民伯伯去马洛卡岛度假了，所以这些老鼠也就自由自在，什么也不担心了。那只猫已经吃得饱胀饱胀的，所以没有谁会来捕捉、驱赶它们。总而言之，这样的日子对于老鼠们而言有些无聊。

"请您跟着我走，先生，您是我们的贵客，这里的一切食物和烈酒都是免费的。您愿意来么，先生？"

"唔。"这个陌生家伙仍旧发出了这样的声音。

另外一个像爱因斯坦一样聪明的老鼠说道："依我看，这个朋友说的应该是普福尔茨海姆地区的方言，贝尔克曼先生。"

爱因斯坦为什么叫爱因斯坦呢？因为他像一块石头一样聪明。[1]

他知道任何事情，或者说，其实就和什么也不知道一个样。因为知道一切就是什么也不知道，如果你像爱因斯坦那么聪明，这句话就能理解了。如果理解不了，那么也没什么大不了的。

贝尔克曼让陌生的先生走在前面，而他自己驮着他的粗羊毛毯跟在后面，爱因斯坦跟在更后面，手里拿着那顶帽子。爱因斯坦心里觉得，这顶帽子实在太脏了，否则他早就自己戴了呢。他真的以为那弯起的帽檐里会藏着虱子或者臭虫。

"您是从很远的地方来的吧，先生？"贝尔克曼说，"我猜是……得克萨斯吧。您一路过来顺利吗？"

"唔。"陌生人说着，从他的裤子上拍掉了一根粘着的草茎。

"真的是得克萨斯？"贝尔克曼有点不相信。

"唔。"他依旧那样回答。

"哦，原来是搭上了一艘运香蕉的船啊，漂洋过海，从美国来到了汉堡港口，再从汉堡乘火车到了这里啊。对不，先生？我猜测得没错吧？"

"不对。"这个陌生的田鼠先生第一次说得那么清楚，"是

---

1. "斯坦"的德文意思是石头。

走过来的。"

爱因斯坦听了，简直目瞪口呆，将对方从头到脚打量了一番。从得克萨斯走过来的？不可能吧。

说着说着，这一群老鼠已经到了谷仓门口，他们为陌生的田鼠先生推开了房门。对了，还有，当他们跟在田鼠先生身后的时候，已经注意到了，他有着不同寻常的、像一个骑士般的步伐——具体地说是两个膝盖分开，有点类似于 O 字形。嗒嗒嗒，嗒嗒嗒。然后是那些马刺，安在了靴子很下面的地方。

大伙注意到，他裤子的两腿内侧已经被磨得油光锃亮了，而且马刺也已经变弯——一定是骑过了成千上万匹骏马，这一点不需要怀疑。因为只有这样，最坚硬的马刺才会被压弯。

吉比吉比有点傻

大草原那么宽

道路又弯弯

牛仔牛仔真强壮

一点儿威士忌怎么够

吉比吉比是一个

永远的国王……

老鼠伙计们将脑袋凑到了一起，窃窃私语着。因为他们看到，那个陌生的田鼠先生的双手沉沉地往下垂，像铅做的一样沉。他们猜测，那手臂上一定全是强壮的肌肉吧。

有人议论着："如果你成为他的敌人，一定不敢和他开玩笑！如果惹恼了他，他就会在一瞬间抽出那把柯尔特左轮手枪，扣动扳机的速度比一条蝰蛇咬人的速度还要快。卡——嘭！如果他瞄准的是你，这么一声过后你就翘辫子了。"

说这话的是一只年轻的小老鼠。

一般说来，年轻的老鼠往往说话不那么当心，而且吵吵闹闹的，惹人烦。没有人知道，这个陌生客是否认可他所说的一切。如果真的如小老鼠所说的那样，他一定会转过身，只要一个手势，就能把所有的老鼠伙计撵进"万劫不复的狩猎场"。如果他的腰间真别着一把柯尔特左轮手枪的话。

"我猜他是田纳西州的纳什维尔人或者查塔努加人[1]。"一只戴着镍制边框眼镜的老鼠向他旁边的伙伴偷偷地嘀咕，"我对他的风格很熟悉，我有一个叔叔也是那里的人。"

戴着镍制边框眼镜的还是一只念过大学的老鼠，但是他后来找不到工作了，只好回到他在雨堡的母亲身边，和大家一起住在

---

1. 纳什维尔和查塔努加是美国田纳西州的两个城市。

谷仓里。因为在这儿有吃有喝，他不需要卖力地工作。

实际上，他就是一个既懒惰又傲慢的家伙。那副镍制边框眼镜纯粹是一个假象。

那是用平光玻璃做的，好看而已。

　　眼镜老鼠又补充了几句："他还穿着满是油污的裤子呢，人家大老远就能认出他的身份——从他的步伐，弯曲的双腿和那对马刺——看得一清二楚，就是一个牛仔！"

　　贝尔克曼嗅了嗅陌生客的粗羊毛毯——那好像是猪猡的臭味，而不是马的味道。但不管那么多了，无论是猪，还是马，又有什么关系呢？他靴子上闪闪发光的马刺证明了一切，气味就不那么重要了。贝尔克曼这么想："或许也有闻起来像猪猡的马吧，如果那些马长期被圈养在猪圈里的话。"

　　"真是不可思议，我太喜欢这个造型了。"跟在陌生客身后的最后一只老鼠这么说，"得克萨斯州一直是我梦寐以求的地方，子弹横飞啦，纵马驰骋啦，多刺激啊，最激动人心的要数挖金子了……"

　　当这一群老鼠走进谷仓的时候，贝尔克曼吹响了一声"集结哨"，意思是让老鼠兄弟们都来集合："呜喔！"

　　一听见这个声音，所有的老鼠弟兄都像闪电一样迅速聚拢到了谷仓里。转眼之间，大伙已经将各种食物搬了进来，摆放在了桌上，一场隆重的欢迎宴会就这样开始啦。

　　这个陌生客"嘭"的一声使劲地关上门，像一头饥饿的野猪一般大口大口吞吃了起来。瞧，这不又是一个证据，证明他绝对不是一只普通的田鼠吗？

　　牛仔老鼠的食量好得惊人，他风卷残云地将食物一扫而空。同时，那些老鼠伙计也跟着他大吃大喝着。可是，他们心里越来越想知道那遥远的荒蛮西部的情况，如果吃完之后，牛仔能和他们讲一讲今天的西部故事，那该有多棒啊。于是，他们加快了吞吃的速度。

　　"您刚刚讲到了得克萨斯州，对吗，先生？"贝尔克曼问。

　　而陌生客每次将食物塞进两颗大门牙、咀嚼了三下之后，都会发出这样的声音："唔，唔。"

　　在他们这样交流着的时候，其中一只老鼠说道："我认识一只老鼠，他和印第安人的关系非常好。他一直站在那些红皮肤的印第安兄弟这一边，在战争中抵抗着从其他国家来的'外国佬'。

当那些'外国佬'进攻印第安人的时候，他都会站在战斗的最前线，用一只手套接住射来的炮弹。当然，那是上了铠甲的。"

"谁？"爱因斯坦问，"什么上了铠甲？"

"我是说那只手套。它的内部用铠甲保护了起来。我猜，现在站在这儿的陌生家伙也应该是这一类的角色。我说得对吗，先生？"

"唔。"那个陌生客点点头。

虽然他每次都不多说什么，但是这个时候他的地位已经与纽约的自由女神像差不多了。

哇，这是一件多么幸运的事情啊！你去了一个地方，还没用餐完毕，大家都已经知道你是多么的了不起了。

当牛仔田鼠吃完所有的东西后，用爪子抹去了黏在胡子上的酸奶油。

这时，贝尔克曼问道："好吧，现在，先生，请您告诉我，您叫什么名字？"

"勃朗宁，吉米·勃朗宁。你会熟悉我的。勃朗宁，就是那个发明勃朗宁老鼠手枪的勃朗宁。"

"当然知道，"贝尔克曼说，"我们这儿没有人不知道勃朗宁手枪。这个谷仓的主人——那个农民就有一把勃朗宁手枪，有一次几乎打中了他的祖母，要不是她立即躲到了一口铁锅的后面。

那口铁锅还清清楚楚地留下了一个弹孔呢。"

天哪，还没有哪只老鼠不知道勃朗宁老鼠手枪呢，它竟然真的是一只老鼠所发明的。而现在，这种手枪的发明者就坐在他们的面前！

哇！

老鼠伙计们挤呀，挤呀，越来越靠近他了，还都不住地点着头。

"您是从得克萨斯州来的，对吧，勃朗宁先生，我没有说错吧？"贝尔克曼问。

"对，直接从那儿来的。"勃朗宁说，"那个地方叫白痴－巴米－胡闹－场地，你肯定不知道那个地方。"

"我当然知道！如果我不知道这么有名的地方，那和笨蛋没什么两样。"

"那么，请您告诉我，先生，您来这里做什么呢？您是一个身怀绝技的警长，对吗？这一点无论是谁，一眼就能看出来。"

"唔，唔，是的，而且是一个乘以两倍的警长，明白了吗？"

勃朗宁似乎不大愿意多说话。这一点恰恰证明了，他来自荒蛮西部，那儿的人们都是沉默寡言的，简直像大草原一样沉默，而且像军用面包，就是打仗时的干粮一样硬，不对，像石头一样硬。

"那么，您在那儿是警长，对吧，勃朗宁先生？"

"乘以两倍，双重的警长。因为我拿两份工资。也是因为我有一般人两倍的力气。"

大伙将一袋柔软的面粉推到了他的屁股底下，这样他就坐得更高，所有人也就听得更清楚了。

贝尔克曼为他倒了一杯土豆酒，然后带着请求的语气说："您说说您的故事吧，勃朗宁先生，或者，我该称您为吉米？"

治疗失恋的苹果酱

一天，当小熊带着他的钓鱼竿回到家的时候，发现小老虎正躺在地上的篮子后面，哭得稀里哗啦的，就像一朵下着雨的云朵一样。

"咦，发生了什么，我的老伙计？"小熊这么问道，"你是不是受伤了？还是有谁弄疼了你的身体和心灵？或是其他哪儿疼？"

"没错！就是身体和心灵一起疼啊。"小老虎大声地吼叫了起来，"因为我失恋了！"

　　"哦，是这样啊，"小熊这么回答，"这种疼我非常了解，疼起来就像铁一样硬。所以我必须立即为你烹制一些特殊的食物，那就是苹果酱。"

　　说完，小熊就从小房间里取来了新鲜的苹果，一共有九个。因为"九"是一个对付失恋的最好的数字。

　　一转眼，小老虎就将他自己的那一份苹果酱，和小熊那一份的一半解决掉了。吃完之后，小老虎果然不再哭了，而是哈哈大笑起来，他的表情就像穿过窗帘的明媚阳光。失恋就这样过去啦。

苹果酱制作过程：

将苹果切开，把中间的籽抠掉，然后把苹果连皮放进锅里煮。因为苹果皮是对身体有益的。在锅子里别放太多的水，还要放一小勺糖和一片厚厚的柠檬。因为柠檬也是对身体有益的。接着放一小根肉桂棒，和一点点丁香粉末，然后将所有东西过滤一遍，苹果酱就做成啦！

小熊还是问了小老虎："你为什么会失恋呢？"

"因为，因为……玛雅·帕帕丫，"他有点支支吾吾，"她亲吻了一只小鼹鼠。"

"那么，小熊，你说说，什么时候你才能再给我烹饪一份好吃的、让人一吃就惊喜的东西呀？"

"后天吧，"小熊说，"大概要等到后天了。"

听了这话，小老虎开心极了，摇摇摆摆地骑着他那辆小老虎自行车，到户外去玩耍了。

先是到小树林里转了一圈，然后又绕着"小猪湖"转了一圈。

哇，在"小猪湖"边，他遇见了鲁齐莱恩·巴德穆泽，这个

小男孩正在和他的橡皮鱼比赛游泳。

"这可不算什么本领！"小老虎喊道，"这条鱼是橡皮做的，而且也没有装什么马达。你敢向我挑战吗？和我比赛游泳吧！你们两个对我一个！"

结果，他让鲁齐莱恩·巴德穆泽大胜而归。

　　为什么小老虎输了呢？因为他现在正爱着一个女孩呢，而他的爱却没有得到回报——所有一切都需要回报，不是吗？

　　游完泳，小老虎继续上路了。当他到达烧炭工人耶罗米尔的家时，已经全身酸痛，感觉自己像一个快散架的旧手风琴。

　　烧炭工人耶罗米尔是一个很穷的人。因为烧炭工人一般没什么财产。他们都住在石头搭建的小屋里，会将劈好的木柴堆放成一座小山，然后点燃它们，并覆盖上一层土。这样的话，就不会引起火灾了，木柴只是缓缓地燃烧，发光，发热，最终形成了木炭。

　　于是，烧炭工人把得到的这些木炭卖给了富有的人，只获得了一点点的钱。富有的人们为什么需要木炭呢？因为他们会在花园里开宴会，需要点燃很多的木炭取暖，而且可以烤制食物。现在，我们已经不常见到烧炭工人了，从事这项职业的人越来越少，大部分人都去做一些能挣大钱却不需要花太多力气的工作了。

　　"哦，我以为是谁来了，原来是骑着老虎自行车的小老虎啊！"烧炭工人耶罗米尔高兴地喊了起来。

　　"你一定是饿坏了吧，快快快，进来和我一起吃饭吧。"

　　可是，耶罗米尔太穷了，他只能吃一些在他那一小块土地上种出来的东西，比如土豆。

　　今天吃土豆，明天还是吃土豆，而且还不削皮。据耶罗米尔说，土豆是上帝为烧炭工人准备的美好食物，因为吃了土豆，他

烧土豆制作过程：

　　土豆带皮放在水里煮 15 到 20 分钟，而且别忘记放盐哦！煮完之后，你可以用一把叉子戳戳它，看看是不是变软了。穷苦的烧炭工人一般是蘸盐吃土豆的，而对于小老虎这样饿得发慌的家伙可以在每一块上抹一些黄油，这样吃起来就更香啦！

就能直接从大地里获得所需要的能量。

　　"土豆对于治疗'巨大的饥饿'是有好处的。你有没有巨大的饥饿呢，我的好朋友？"

　　"我的饥饿比巨人还要高，还要大！"小老虎顿时感觉到了自己的胃空空如也，所以喊得更急了。

　　因为一个远道而来的小老虎需要被好好地招待，所以那些穷人，比如烧炭工人耶罗米尔非常愿意与他的客人——小老虎分享他的那顿土豆餐。但是，只有在星期天的时候，烧炭工人才能吃到黄油。那么，用什么汤来与烧土豆搭配呢？嗯，只好从大罐子里取一些新鲜的水喝喝吧，味道还不错。

"哇，我想到了白脱牛奶！"烧炭工人耶罗米尔说，"如果我们能弄到白脱牛奶，或者一条新鲜的鲱鱼，或者是一点软凝乳，那这顿饭简直是为两个贵族所准备的！"

可是，他们什么也没有。

不过没关系。

小老虎一口气吃下了七个带皮的土豆。因为"七"这个数字对治疗"巨大的饥饿"非常有效。

小老虎吃完了之后说："我也会为我的朋友小熊做一顿烧土豆的。因为他的肚皮常常会饿得咕咕叫。"

　　小老虎想，反正土豆啊，盐啊，黄油什么的家里一定都有，至于白脱牛奶和鲱鱼嘛，他可以问普利巴姆夫人借一些哟。

　　当小老虎蹬着他的自行车，回到家里的时候，小熊已经躺在床上很久了。

　　小老虎告诉他："明天，就是明天，让我为你烧点吃的吧，亲爱的小熊！因为，我现在也学会烹饪了！"

　　可是，第二天清晨，当他醒来的时候，小熊已经把早餐准备好了。

早餐制作过程：

　　在酸奶中放五个压扁、压碎了的草莓和七粒葡萄干。然后搅拌酸奶，同时再加入七颗磨成碎末的新鲜杏仁，因为"七"对于杏仁粒也是一个非常好的数字。然后一边喝酸奶，一边品尝全麦面包吧，别忘记在上面涂一些花生黄油和蜂蜜哦！

　　原来，小熊每天日出的时候就早早地起床了，因为他必须去花园里浇灌那些胡萝卜。

　　"现在，"小熊这么说，"我要去河边了，我的小船需要上油，我要忙到晚上才能回来。这一点你是知道的。"但是，小熊刚刚走出家门，小老虎已经按捺不住了，他急忙跑到了胖胖的大熊那里。因为大熊一直能从烤炉里弄出许多好吃的东西来。

"哦，原来是小老虎来了啊。"大熊高兴地喊了起来。

"你既然来了，就和我一同分享一点儿美食吧！"

"首先，来一份强大的餐前小吃！因为一份强大的餐前小吃能激发你灵魂的乐趣，并且为你的生活带来许多欢乐！接着来一份强大的主菜，因为它提供充足的能量。最后还有一份同样强大的配菜，因为它可以愉悦进餐者的心情，让你的内心充满了幸福感。"

大熊为了准备这份餐前小吃，从菜园里挖来了一棵生菜。

餐前小吃制作过程：

　　挑拣出完好、没有虫斑或者缺损的菜叶，放到一个碗里。在菜叶上滴一些橙汁，然后再滴几小滴橄榄油。然后，将一个橙子切成许多小块，把它们放在生菜叶上。最后在表面上撒一些白砂糖。一份餐前小吃就完成啦！

　　"真是无法形容的美味！"小老虎叫了起来，"这个过程我必须写在纸上，然后把它交给小熊。小熊会仔细读一读的。或者，我把这些菜谱用一个一个的钉子钉在墙壁上，挂起来，这样，小熊就能每天看到一些新玩意儿，做出一些新的美食啦！"

　　"但你要注意了，遵守顺序是很重要的事情，"大熊认真地说，"非常重要。如果我们先把油滴在叶子上的话，所有的橙汁就会滑到一边，没法留在菜叶上了。或者，如果你把油滴在了一小块一小块的橙子上，那么味道同样会很差劲。或者，如果那些白砂糖太早撒下去，比橙汁倒下去的时间还要早的话，那么一定会过早地融化，吃的时候也就不会有嘎吱作响的乐趣啦。"

　　"这些，你明白了吗？"

　　"不明白。"小老虎回答，"不过我想，这没关系，只要

小熊能理解你的意思就好了，因为他做每一道菜都很认真。"

接着大熊开始准备配菜和主菜了。配菜是一道"大熊招牌——大蒜头汤"，而主菜是一道烤土豆。

现在，大蒜头汤和主菜烤土豆一起进了大熊的嘴巴。

配菜制作过程：

先剥三瓣大蒜头，再将一些牛肉切成小块，把一些油脂（比如黄油，猪油也是可以的）放锅里，再倒入所有材料。在上面浇一些烧开的热水，一同煮，然后扔一些烘焙过的面包小块进去。

主菜制作过程：

　　将烧熟了的土豆切成小块，在平底锅里放一些黄油、一些荷兰芹（又叫欧芹）、一些磨碎的干胡椒和一点点的盐。将土豆在平底锅中煎一煎，但不要太焦，稍微有些变成褐色就行了。最后如果再加入一些香菜，味道就更好了。

　　"哇！"已经很老了的大熊惊喜地喊道，"你真的应该尝一下。"

　　小老虎却说，他不愿意吃大蒜头。因为，如果他吃了大蒜头，身上就会有臭臭的大蒜头味道，这样的话，那些女孩子就不肯来亲他了。

　　虽然这样说，但他还是忍不住尝了一小调羹。

　　"哈利路亚！多么美妙的滋味啊。"

　　也就是从这一天起，小老虎开始吃大蒜头了。

　　在回家的路上，小老虎又去普利巴姆夫人家弯了一圈，向她借了一升白脱牛奶和三条咸鲱鱼。当他看到小女孩玛雅·帕帕丫的时候，他对帕帕丫的爱意又开始滋生了。所以，他把帕帕丫请回了家，作为一位尊贵的客人。

　　"因为今天我要烧一些东西给你吃。"小老虎说。

　　这天晚上，当小熊在河边为小船涂完油回到家里的时候，晚饭已经准备好了：

带皮土豆配上咸鲱鱼
白脱牛奶和香菜软奶酪

"我亲爱的小老虎啊，"小熊欣喜地喊了起来，"你真是一位伟大的烹饪艺术家！因为这真是一份为波兰贵族所准备的高档晚餐！"

美美地吃完了这一顿后，他们一同坐在沙发上，聊了一会儿天，玛雅·帕帕丫就说起了昨天的经历："前天是幸福的小鼹鼠的生日，它想要一件带拉链的新套头毛衣，我却没有给它，只好给了它一个轻轻的吻。你说，他是不是更合算呢？因为一个吻虽然不值一件毛衣的一半价钱，却是精神上的礼物，而且不像毛衣容易弄坏，你们说对吗？"

"瞧瞧吧，小老虎，"小熊嘟囔着说，"我说吧，你压根儿就没有失恋。"

说完，他们都去睡觉了。就在快要睡着的前一秒钟，小老虎突然嚷了起来："小熊，明天轮到你烧菜啦！"他翻了一个身，然后打起了呼噜，就像飘到了好远好远的天空中。

妈妈，小孩子是谁造出来的？

一天，小老鼠图图问妈妈："啊，妈妈，你能告诉我吗，是谁把小孩子造出来的？"

图图的妈妈正在掀开锅盖，用调羹搅拌着锅里的豌豆，回答道："小孩子嘛，是爸爸和……"

这时，她刚想说下去，突然见到了凶猛的大猫米克什蹑手蹑脚地来到了谷仓后面的老鼠小屋，用他那尖锐的爪子按着门把手，想打开他们家的房门。因为米克什的肚子饿了，他想一口将老鼠们吞下去。

先吃维尔纳，那是老鼠妈妈的第一个孩子。再吃皮勒，那是老鼠妈妈的第二个孩子。再吃小艾米尔，那是老鼠妈妈的第三个孩子。最后是图图，还有她的妈妈，也不会放过。

老鼠爸爸恰巧不在家，他去田野里收获粮

食了。

　　说时迟，那时快，门一打开，这一家几口就像闪电一样消失得无影无踪了。那么，小老鼠们都去了哪里呢?

皮勒躲进了妈妈的旧草帽。维尔纳躲进了面包篮。小艾米尔躲进了放砂糖的袋子。而图图呢，躲到了地毯下面，图图妈妈则躲进了黄色的水桶。

"好吧，算你们反应快。"凶猛的大猫米克什嘟囔着说，"反正我明天总要把你们吃掉的。总有一天，我米克什会抓住天下的每一只老鼠。"

可怜的恶棍！你大错特错了，你永远没法逮住每一只老鼠。

图图一家呢，他们五只老鼠都还躲在藏身的地方，直到图图爸爸回家。哦哟，图图爸爸背上背着一个大麻袋，里面有新鲜的麦粒呢，都是从田野里收集来的，还有不少蛋糕的碎屑，它们是农夫鲁德普德尔留在厨房里，没来得及打扫干净的。农夫鲁德普德尔住得不远，就在附近的一间小屋子里，不过是在谷仓的另外一边，他的孩子费利克斯和小卡特琳，还有他的妻子也住在那里。而谷仓的这一边就是图图一家的老鼠小屋啦，位置非常好，距离麦田只有七厘米。

图图问妈妈："这一整片田野，直到那边世界的尽头，都是

属于我们的，对吗？"

妈妈回答："一点儿不错。"

而大猫米克什住在哪里呢？他哪里都住。因为他本来就是一个流浪汉。有些晚上，他会钻到小卡特琳的床底下睡觉，因为那儿非常舒服。

"今天真是辛勤劳作的一天啊，同时也充满了危险。"图图爸爸这么说着，把大麻袋卸到了地上。

用里面的这些食物，图图妈妈开始准备晚餐了。

　　"大麦片是餐前点心，因为大麦片可以让牙齿更尖锐，同时也让你的头脑变得更敏锐。我们的主菜是豌豆汤，因为豌豆汤能填饱我们的胃，驱赶饥饿，强壮肌肉。蛋糕碎屑嘛，是我们的餐后甜点。因为餐后甜点都要吃最好的东西，这样才能让我们感到幸福而快乐。可是，一旦吃得太饱了，你的肚子和胃都会胀得疼，这一点你们一定要记住！"

　　吃完了饭，图图问爸爸："爸爸，你今天看见大猫米克什了吗？"

　　"看见？"爸爸叫了起来，"远不止是看见了。我还揪过他的耳朵，扯过他的胡子呢！我差点揍了他一顿！"

　　老鼠宝宝们听了，还想知道得更详细。于是，爸爸完完整整地告诉了他们，他是怎么样在麦田里用镰刀割下草茎上的谷粒的，

还有他是如何将谷粒装入大麻袋，又如何将沉重的大麻袋费力地背到肩上，匆忙地穿过长满了款冬花的阴暗小树林的。突然，那开着西班牙金雀花的树丛后面站着大猫米克什。他正埋伏在那里，准备偷袭图图爸爸，然后把他吞进肚子。

"我走过他的身边，并没有看见他。他突然从我的身后扑了过来。我用胳膊一把将他夹住，把他的鼻子狠狠地摁到了地上。然后，我一阵猛打，拳头落在了他那还含着奶嘴的嘴巴上。他赶紧逃得远远的，你们是没有看到，他一直逃到了……那个什么……

波拉布尔。"

"波拉布尔到底在哪里啊，爸爸？"小艾米尔，这个小傻瓜这么问道。

"在瑞典，"爸爸说，"总之在离那儿不远的一个地方。"

瞧，有这么一个爸爸是不是一件美妙的事情？图图和她的兄弟姐妹们再也不需要什么电视机了。当然，图图不会把爸爸所说的一切当真，因为她并不傻，而且她已经上学了，不仅会读书，而且会写字呢。

很快，小老鼠们都要上床睡觉了。

"皮勒就睡在面包篮里吧。"妈妈说，"维尔纳睡在奶酪盒里。"小艾米尔很小，所以他睡在了一个做针线活时戴在手指上的顶针里。而爸爸妈妈一起睡在大房间的大床上，在那儿，如果他们喜欢的话，可以生出更多、更多的小宝宝。

　　他们非常喜欢这么做。

　　只有图图有一张属于她自己的小床。因为她已经比兄弟姐妹们都高了。另外一个原因是，她必须早起，去小老鼠学校读书。要知道，小老鼠学校早上八点就上课啦。

　　清晨七点钟一到，闹钟就丁零丁零地响了。

"擦干净你的鼻子，洗干净你的耳朵，图图！"妈妈一边喊着，一边在准备早餐。

而这个时候，图图爸爸早就在田野里忙乎开啦。

图图吃完了早饭，穿上了红色的鞋子，将小书包背在了肩膀上，急急忙忙地沿着麦田向土豆地的方向走去。

妈妈追在后面大叫："别忘了带你的课间点心，图图！"

"当心路上的拖拉机！你还要注意米克什，别让他把你逮了去！你那小衣服别弄脏了！上学别迟到了！放学回家不要太晚了！"

瞧，天底下的妈妈都是那么**啰里啰**唆的，不是吗？那些孩子老早就一只耳朵进，一只耳朵出了。

图图绕了一点点儿路，因为她要去接迪迪·诺依曼。迪迪是一只很小的土拨鼠，住在土豆地的地底下。他背着一只绿色的书包，早早地就等在一只破旧的易拉罐旁边了。他已经快睡着了呢。

　　迪迪是图图最要好的朋友。可是，迪迪是一个朝三暮四的浪荡子，学校里几乎所有的女孩子都和他谈过恋爱。

　　不管谁见了迪迪，都会在精神上变得非常亢奋，但是内心几乎快要昏倒了。图图叫醒了他，拉着他的小手往前走。

　　"我做了个梦，"迪迪·诺侬曼说，"我梦见自己变成了一部保时捷轿车，以三百码的速度，驰骋在高速公路上，还响亮地按着喇叭。这真是一个古怪的梦，对吗？"

"你的梦是彻底的胡思乱想。"图图说着，但心里对迪迪的爱越来越浓了。她的身上一阵冷，一阵热，全身都在颤抖，然后对迪迪说："吻我，迪迪！"

迪迪·诺依曼一把抓起了图图的小爪子，然后亲吻了一下图图的小嘴巴。

人生中的第一次亲吻谁都忘不了，图图的这个第一次亲吻的地点是在一棵羽扇豆的后面，那也是麦田的尽头。

啊，图图自从生出来就没有尝过这么甜蜜的亲吻的滋味，周围的一切仿佛围绕着她天旋地转。

她说："哇噢，我觉得我要晕倒了，把我抓紧，迪迪！"

可是，迪迪·诺依曼的这次亲吻已经是他人生中的第三回了。之前，他早已亲吻过其他两位老鼠小姑娘。

迪迪用他那强壮的手臂把图图抓紧了。

他把图图抓得那么稳，心里却那么冷静，然后说道："我的亲吻技术不错吧，你说呢？"

图图只觉得头顶的天空在打转，脚下的大地在颤抖，要不是迪迪用强有力的爪子抓住了自己，她一定会沉到地底下的。

"没错，"图图用她那最后一丝力气轻轻地说，"关于这一点，学校里的人都这么说。"

很快，图图又恢复了正常，然后他俩继续往上学的路走了。

只是，图图这时候什么也听不见，什么也看不清了。"爱让人盲目。"从图图祖母的那个年代开始，人们就留下了这条古老的谚语。

在图图的灵魂中，好像有一匹旋转木马在不停地转呀，转呀。显然，今天他俩上学一定会迟到。

作者介绍：雅诺什，1931 年出生于波兰
的扎波泽（Zaborze），在巴黎和慕尼黑居住过，
从 1980 年起一直生活在西班牙。雅诺什一共
写出并绘制了二百多部儿童书、长篇小说、剧
本和其他作品，他所获得的奖项包括法国和德
国的儿童图书大奖。